神獸獵人 5

塵封已久的懸案

管家琪——文
鄭潔文——圖

目次

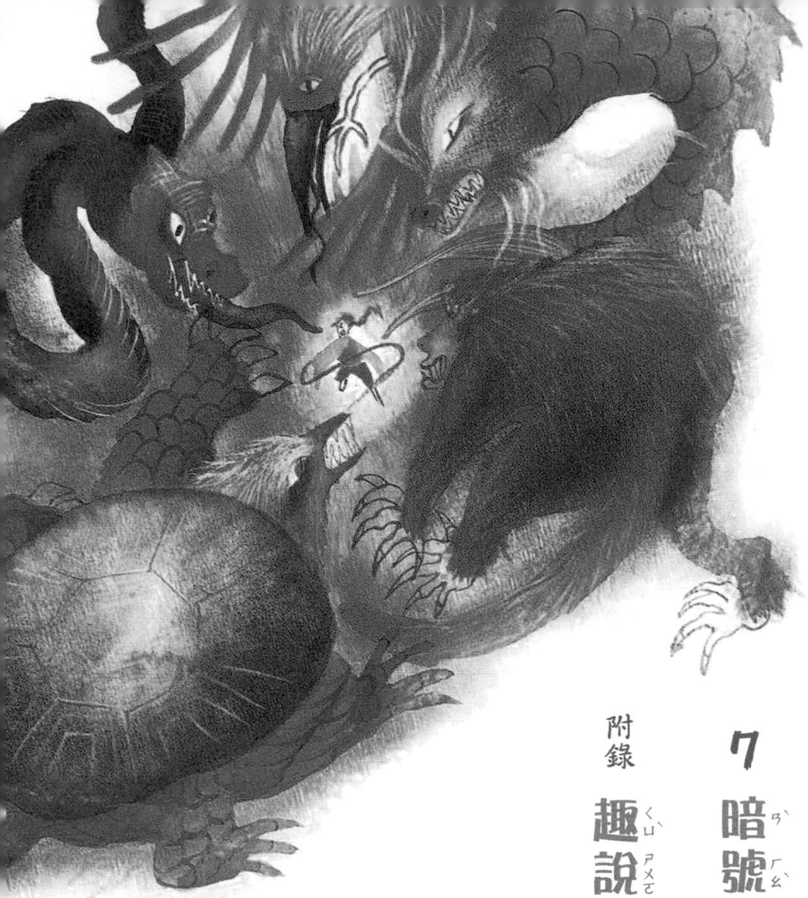
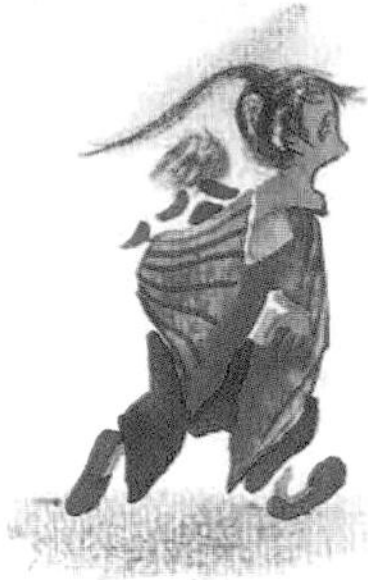

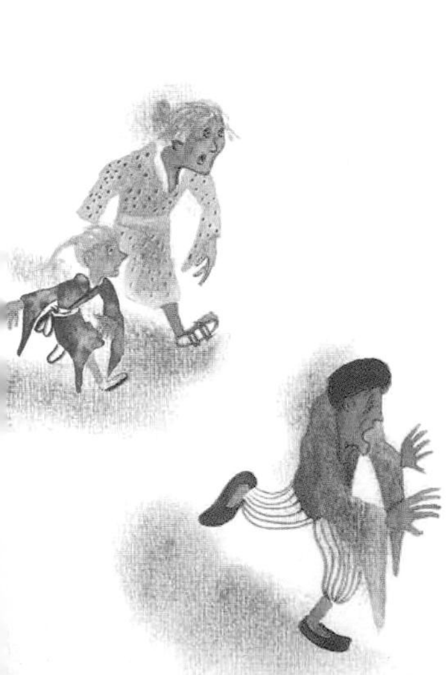
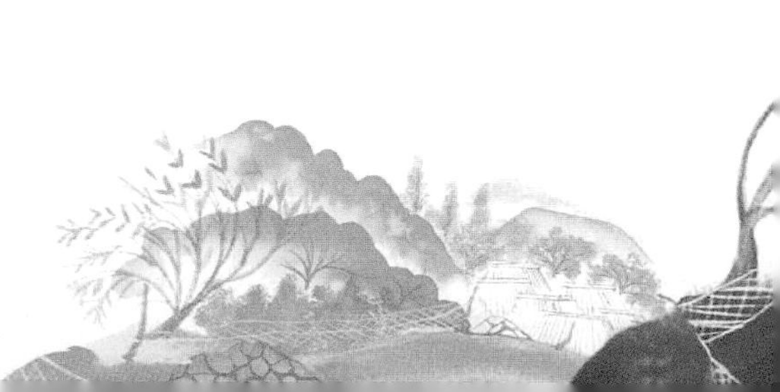

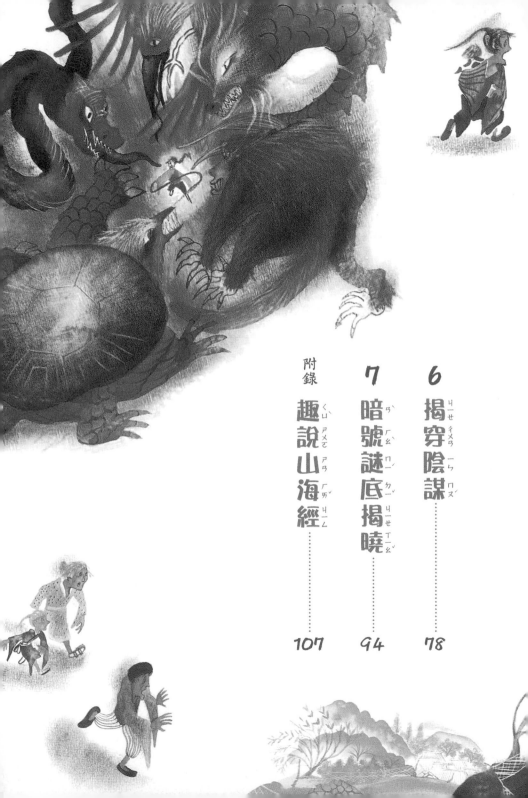

1 放學後的探險

一大清早，曹仁傑剛進教室，看到高明又在畫畫，就湊了過去。

「你來得真早。咦，你不畫那些神獸了啊？」曹仁傑問。

「這還是神獸。」高明回答。

「這也是神獸？看起來不像啊？」

「神獸太多太多了，各式各樣都有。」

高明正在畫一隻小鳥，頭部有花紋，小嘴是白色，足部則是紅色。

「我還以為你只喜歡長得醜醜的神獸。」

「那不是醜，是酷！而且我也喜歡像這樣可愛的神獸。」

這時，臉上有一些小雀斑的林美美也來了，林美美對神獸也有一些了解，曹仁傑就要林美美過來看，「高明說這個也是神獸。」

林美美看了一會兒，不太確定的問：「是精衛嗎？」

「什麼『衛』？」

高明覺得曹仁傑的反應簡直和自己的妹妹欣欣一模一

樣，每回欣欣聽到神獸的名字，總是要問「什麼什麼」。

高明有些驚訝的看著林美美，「你很厲害耶！居然一看就知道我在畫精衛。」

「真的是精衛？我是猜的啦，因為你的背景畫了海嘛。」

稍後，曹仁傑在聽林美美說了「精衛填海」的故事以後，了解到是因為自己對這個故事不熟悉，所以才沒辦法馬上聯想到。

不過，關於神獸，他還是有話題的。

「你們知道嗎？我們學校的後山最近變得很奇怪喔。」

高明一聽，心裡不免一驚。

學校後山？不久前他們兄妹倆就是在那裡第一次遇見來自天界的韓天，也看到韓天是如何制服燭龍。可是……，高明馬上想到：不對呀！

當時時空是在凍結的狀態，照理說那天傍晚在後山發生了什麼事，應該是沒有人知道的啊！

高明鎮定的問：「你是說哪裡變得很奇怪？」

「山上出現好多好大的坑洞，很多地方都變得坑坑窪窪，像是有誰在那裡施工一樣，可是後山最近並沒有工程。」曹仁傑說：「搞不好是外星工程隊，要不然就是有神獸在那裡搞破壞！」

「這是什麼時候的事？」高明又問。

「好像就是這兩天，我也是剛才在路上聽人家說的。」

放學後，高明到幼兒園接了欣欣，二話不說就快步急著回家。

「哥哥，幹麼走這麼快啊？」

「我想趕快回家放好東西，才能趁媽媽還沒回來的時候去學校後山看看。」

「我想跟你去。」

「你又不知道我要去做什麼。」

「無所謂呀！反正我想跟著你。」

真是令高明無語。

回到家，媽媽果然不在。

最近他們放學回家時，媽媽幾乎都不在家裡，要到晚餐時間才回來。那間讓媽媽寄售布包的店家，不僅歡迎媽媽寄賣，最近還為她準備了一個靠窗的工作區；客人經過時，看到媽媽在做布包，都覺得很新鮮。聽說這樣的製作展示對銷售頗有幫助。

雖然這個做法讓高明聯想到動物園，不過他當然沒敢說。看到媽媽忙得那麼起勁，而且似乎還真的賺了一點錢，不像之前剛搬來的時候，整天愁眉不展、時不時念叨著金錢問題，就已經讓高明很欣慰了。

高明的計畫是，趁媽媽不在的時候去學校後山看看，只要趕在媽媽回來之前到家，這樣就沒問題了；頂多會被媽媽嘮叨作業寫得太慢而已。

高明迅速拿出一個背包，收拾了一點東西進去。

當欣欣看到高明把韓天送的一段繩索也帶上時，趕忙問：「你要帶這個做什麼？」

其實高明也沒想到要做什麼，「我就是想帶著。」

自從上次從天界回來以後，高明經常練習拋繩索。不過，他當然沒在媽媽面前練習過，那一定會挨罵的。只有和欣欣一起在家時，他才會把繩索拿出來，在院子裡練習。

高明把兩張傳送貼紙也帶上，欣欣一看，立刻高興的問：「我們要去找韓天玩呀？」

「不是啦，只是——只是以防萬一吧。」

今天聽到曹仁傑說，搞不好這兩天有神獸在學校後山搞破壞時，雖然明知他是在開玩笑，但高明卻沒法不在意，或許這就是「說者無意，聽者有心」吧！

高明記得韓天說過，在安寧鎮南莊山上有個時空漩渦，

推測燭龍當初應該就是從那裡跑到人間，難道這次又有神獸從時空漩渦穿越而來？

因此，高明帶著傳送貼紙，想說如果發現了什麼異狀，可以趕快向韓天報告。

上回離開天界前，韓天告訴兄妹倆，不要太過頻繁的往返於天界和人間；甚至還說，最近他得忙著把從皇家神獸園出逃的神獸給找回來，就算高明和欣欣來天界，他恐怕也沒什麼時間陪他們，希望兩人等過了段時間、或者有什麼急事的時候再來。高明心想，如果在學校後山發現了關於神獸的情報，應該算是急事了吧！

而欣欣呢，沒想這麼多，只想著韓天叫他們不要太過頻繁的使用傳送貼紙，應該是叫他們不要動不動就跑去天界的意思。但是現在距離上次天界旅遊，應該過去好幾天了吧，已經很久了、夠久了啦。

2 逃出後山

兩人來到學校後山，還沒走到半山腰，就發現好多坑坑洞洞，看起來就像是被一隻超大的狗狗給啃過似的。

欣欣害怕起來，「哥哥，會不會是有什麼怪物啊？」在欣欣的概念裡，凡是會搞破壞、威脅到人身安全的，都是怪物。

高明看著那些奇怪的坑坑窪窪，心裡也有點怕怕的，不過，他馬上鼓勵自己：喂！別這麼膽小，你要保護妹妹啊！

「別、別怕。」高明說。

「哥哥，你的聲音怎麼聽起來抖抖的？你在發抖嗎？」

「我哪有！」高明一邊把繩索從背包裡拿出來，一邊對欣欣說：「別囉唆了，你要跟好我喔。」

「哥哥，你這樣看起來好像韓天喔，像小一號的韓天。」

「是嗎？」高明聽了很高興。

可是，高興不到兩秒鐘，欣欣又說：「要是韓天在這裡就好了。」

「喂！不是才叫你別囉唆了嘛！」

高明仔細察看那些被破壞的地方，有的坑窪又小又淺，有些則又大又深。他看不出這些坑窪背後有什麼邏輯，更無法判斷是受到什麼東西的破壞。

想了一會兒，高明握緊繩索，決定往破壞較嚴重的地方走去，那裡的坑窪更密集也更深。

欣欣不肯跟了，「哥哥，不要去了吧。」

高明雖然也有點害怕，但仍硬著頭皮說：「怕什麼啦！」

「你不是帶了傳送貼紙嗎？我們直接去天界找韓天玩就好了啦，這裡又不好玩！」

「要去也不是現在去。你實在很煩耶，叫你不要跟卻偏要跟，跟了又一直囉唆。」

其實高明此刻有一個大膽的想法：如果這裡真的有神獸出現，韓天

的繩索這麼厲害，也許自己有機會捉住哩。上回他磨了半天、好不容易才從韓天那兒得到一段繩索，之後他就幾乎天天練習；現在對於如何拋繩索套物，以及如何讓

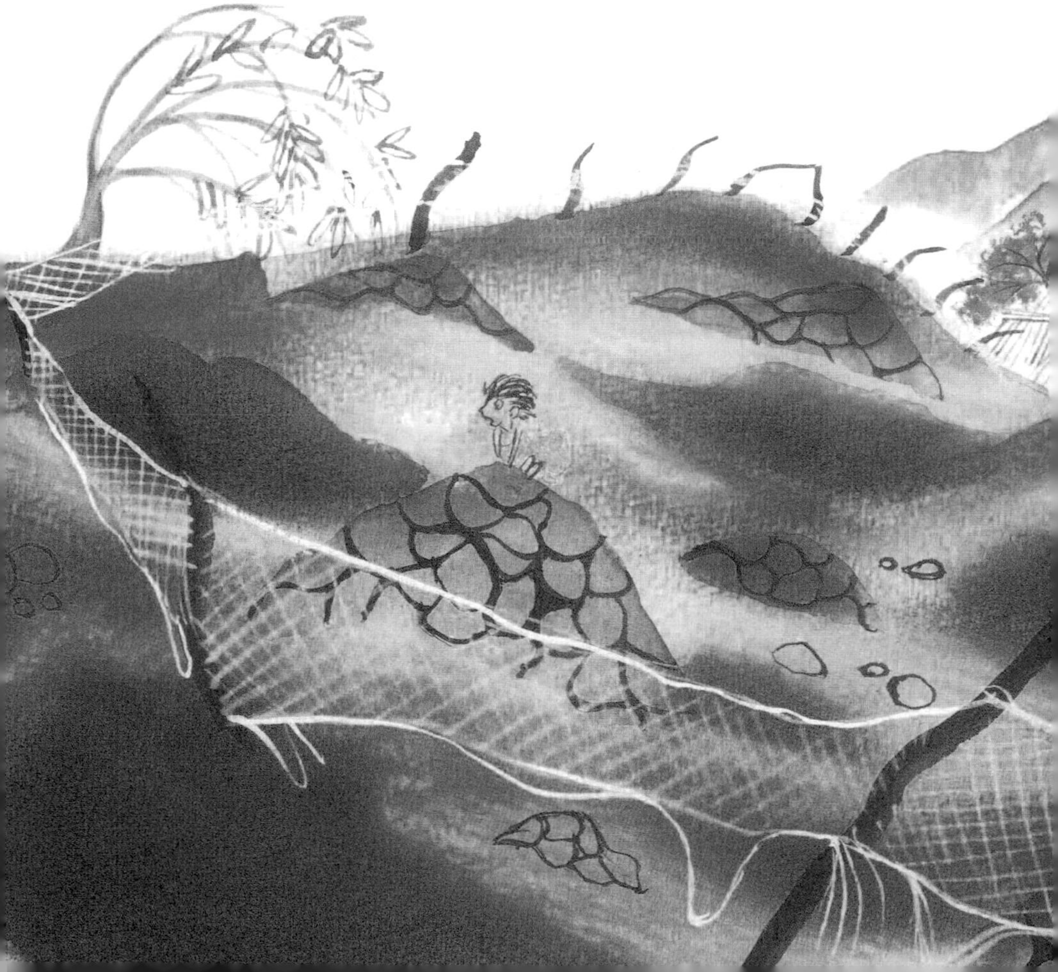

繩索變出「分身」，都已經很有心得，早就想要好好表現一下啦！如果真能用這條繩索捉到神獸，韓天一定會對他刮目相看。

高明就這樣鼓足精神，抓著繩索，小心前進。

欣欣雖然害怕，但她更怕的是自己一個人待著，所以只好跟著哥哥繼續走。

他們不知不覺來到樹林深處，忽然——

一陣詭異的「巴喳巴喳」聲在附近響起，感覺像是有什麼東西正在痛痛快快的啃著樹林。

「哥哥，你有聽到嗎？」欣欣小聲哀求道：「好可怕，我們走了啦。」

「聽到了，」高明環顧四周，用心聽了一會兒，指著左邊一個山坡，「我覺得好像是從那後面傳來的，我們過去看看。」

「不要吧！」欣欣急忙拉住哥哥。

「那你待在這裡，我過去看看。」高明堅持往山坡的方向走，欣欣當然還是趕緊跟上。

「別怕，也許只是挖土機。」高明安慰妹妹，不過，他的手裡還是緊緊抓著繩索。

來到山坡頂，高明一看到眼前的景象，立刻愣住了。

「哥哥，拉我一下。」

欣欣的呼喚聲讓高明回過神來。他馬上轉身交代欣欣：

「你可千萬不要叫，聽到了沒有？千萬不要叫！」

看到高明臉上又緊張又嚴肅的神情，欣欣更怕了，「不是挖土機？」

「不是，我覺得一定是神獸。」

「是什麼神獸？」

奇怪，一聽到是神獸，欣欣反而沒剛才那麼害怕了，畢竟神獸她也見過不少啦！像是燭龍、化蛇、肥遺……，樣子都挺嚇人的。

「我要看！拉我一下。」

高明急忙說：「這個真的很可怕，我覺得他是『四大凶獸』之一的『饕餮』，你可要有心理準備。」

「什麼『ㄊㄧㄝˋ』？」

「哎！現在很難解釋啦，反正你看了不要叫就是了。」

可是，這怎麼可能呢？當欣欣一看到饕餮，還是馬上禁不住的放聲尖叫！

饕餮的模樣相當恐怖，居然沒有身體！他是貪婪的象徵，最大的特點是非常能吃，以至於把自己的身體都給吃掉了，只留下一個猶如暴龍般的腦袋，以及一張足以吞下一輛小客車的血盆大口。此刻那張超級大嘴正在「巴喳巴喳」的啃著樹木和土地，簡直就是一臺「神獸挖土機兼碎木機」！

欣欣的尖叫吸引了饕餮的注意，他馬上轉過頭朝兄妹倆的方向一看——

「媽呀！他過來了！這是什麼東西啊！」欣欣還在尖叫

不已。

高明當然也看到饕餮過來了，他這才發現原來饕餮還是有一截脖子，移動時像蛇一樣的蠕動。幸好饕餮移動的速度並不算快，甚至可以說是挺慢的，剛好給了高明比較充足的時間防禦。

鎮定，我要鎮定！高明在心裡鼓勵自己。

此時此刻，他已經聽不見欣欣的尖叫，只專注在目測饕餮的大小。

我應該可以辨得到——高明心想，並且開始甩動繩索。

好，就是現在！

高明拋出繩索，果然順利套住了饕餮！

饕餮發出憤怒的吼叫，好像還夾雜著一些模糊不清的話語。高明趕緊把繩索的另一頭綁在一棵大樹上。

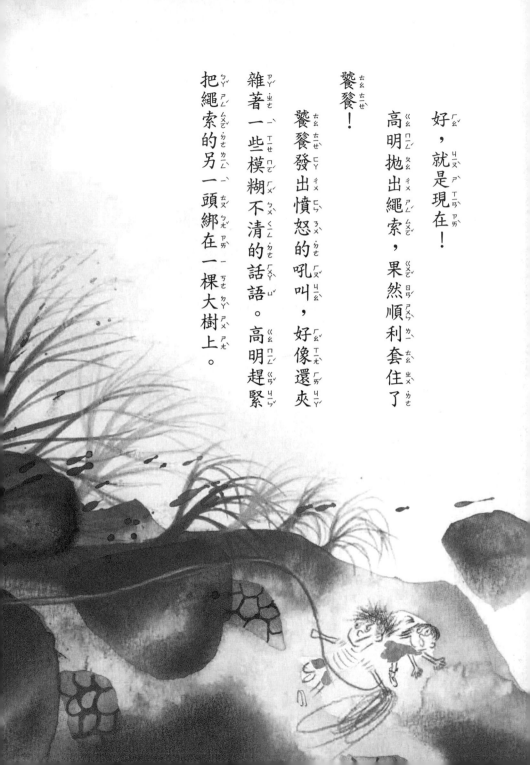

「哥哥，你好厲害——啊啊！」

沒想到，欣欣這句讚美都還沒來得及說完，饕餮腦袋一側，就用大嘴咬斷了那棵大樹，眼看就要掙脫了！

別慌別慌，鎮定鎮定！高明心想。他一邊帶著欣欣往後拔腿狂奔，一邊迅速用手中剩下的繩索再變出幾段「分身」。

「哇！媽呀！追來了！」欣欣大叫。

高明匆匆回頭看了一眼，饕餮好像怒氣衝天——不過這是當然的了，如果是自己突然被人用繩索這麼一綁，一定也氣死了。

高明和欣欣拼命奔逃，幸好饕餮移動的速度不快，不容易追上他們。

跑到一片樹林比較茂密的地方，高明有點子了。

他先把繩索拉得很長很長，叫欣欣躲好以後，自己站在那裡等著饕餮。

欣欣覺得哥哥好勇敢，但是現在她也顧不上讚美哥哥了，躲好後立刻大嚷：「哥哥，背包給我！」

高明想想也是，背包交給欣欣，自己的動作可以輕巧些，待會兒他的動作必須很快……來了來了！饕餮過來了！

高明看準時機，果斷拋出繩索。第二次套比剛才第一次更熟練，一出手立刻穩穩的套住了饕餮。

他趕快用力把繩索勒緊，接著就跑了起來。

他像「佈陣」似的，抓住繩索繞著幾棵大樹奔跑，把繩索在每棵樹上都繞一圈。

高明是想，剛才繩索只綑在一棵大樹上，如果一棵綁不住饕餮，那麼現在用好幾棵大樹，總能綁住他了吧？

沒想到，還是不行！

高明還在繞著一棵又一棵的大樹跑呢，饕餮就已經「巴

喳巴喳」的東咬一口、西咬一口，轉眼又把身邊的大樹給咬斷，地上被弄出更多坑洞，繩索自然也隨之鬆動。而且——饕餮看起來好像更火大了！

高明大吃一驚，心想：糟了，這可怎麼辦？

「哥哥，快過來！」

對，還是趕緊帶欣欣逃走吧！高明慌亂的思考著，慶幸自己帶了傳送貼紙，趕快把貼紙拿出來就行了。

結果，他才剛剛跑到欣欣面前，欣欣的小手就已經拿著傳送貼紙貼向他——

原來，剛才欣欣跟高明要背包，就是為了趕快把貼紙拿出來！

3 天界大混亂

兄妹倆瞬間被傳送到天界王宮內的等候廳。他們已經來過這裡不只一次了，但這次兩人卻嚇了一大跳——每次都空空蕩蕩的等候廳，原先連警衛都見不到幾個，現在居然擠滿了人！而且一個個都是滿臉恐懼，一副惶惶不定、不可終日的模樣。

發生了什麼事？高明十分困惑，立刻先抓緊欣欣的手，可不能讓欣欣給擠丟了。

高明看看四周的人群，感覺他們像是來這裡避難的，等候廳裡充滿著一股濃濃的不安氣息，大家都焦急萬分的直說「怎麼辦，怎麼辦」。

「哥哥，怎麼搞的啊？」欣欣嚷著。

身邊的人忽然發現了他們，驚訝的問：「你們是從哪裡冒出來的？」

高明不知道該怎麼回答，幸好這時等候廳另一頭的大門緩緩開啟，擠在等候廳裡的人們紛紛不約而同的朝開門處看過去。

之前兄妹倆見過韓天在王庭裡向大王匯報工作，上回韓天也是從這扇門走出來與他們會合。

今天從門內出來的，是一位大臣模樣的人。高明和欣欣都認得他，知道他是一位大人物，高明尤其對他的大頭印象深刻。

這位大人物張開雙手，大聲說道：「各位！請保持冷靜、冷靜！

請聽我說！」

他看來非常鎮定，胸有成竹，一副「一切盡在掌握之中」的樣子很有說服力。在他現身之後，原本七嘴八舌的人群逐漸安靜了下來。

「請大家不要驚慌，韓隊長正在積極處理，相信很快就能把局勢完全控制住，請大家安心的在這裡等待。」

韓隊長！他提到了韓天！

有人問：「韓隊長現在已經捉到幾個了？」

「據我們所知，混沌、窮奇、檮杌都已經捉到了，只剩下饕餮，相信韓隊長很快就可以掌握他的下落。」

人群頓時議論紛紛。

這位大人物剛才的一番話，欣欣有一大部分都聽不懂，可是她聽到好像有個什麼「餮」，是哥哥講過的。

高明倒是都聽懂了，不由得吃了一驚，因為混沌、窮奇、檮杌和饕餮，都是惡名昭彰的「四大凶獸」啊！之前他只聽說有不少神獸從皇家神獸園出逃，可這還是第一次得知，原來「四大凶獸」也在其中。幸好現在韓天已經找到了三隻，只剩下還在人間的饕餮。

「哥哥，他在說什麼？韓天呢？」欣欣問。

高明來不及回答欣欣，只顧著拼命揮舞另一隻手，嘴裡還一直叫著：「叔叔！叔叔！」

大人物沒聽到，高明又叫：「伯伯！伯伯！」

大人物忙著安撫群眾，還是沒注意。

高明很著急，心想是不是應該叫大人物的職稱，人家才比較容易聽到；問題是高明不知道他的職稱是什麼，就連對方的姓，高明也因一時著急而想不起來。

沒辦法，高明只好傻乎乎的大叫：「大臣叔叔！大臣伯

伯！喂！站在大王旁邊的！」

嘿，這回終於有反應了，大人物還真的注意到他們，馬上吩咐手下朝兄妹倆走去。

不久，兄妹倆被帶進裡頭的大廳，警衛說顧大臣讓他們在這裡等著。這下高明想起來了，對，那位大臣姓顧。這裡他們進來過兩次，兩次都見到了大王，但是大王今天卻不在。

兄妹倆等了一會兒，顧大臣進來了。

「你們怎麼突然來了？」顧大臣問：「韓隊長知道你們

要來嗎？」

高明著急的說：「我知道饕餮現在在哪裡！他跑到我們人間去了！」

接著，高明把方才在學校後山看到饕餮，以及自己試圖制服住饕餮的事，一股腦兒的說了。

「你居然敢動手去捉饕餮？就算有韓隊長的繩索，也還是很厲害啊！」顧大臣誇獎道。

顧大臣說，皇家神獸園現在已經澈底失控了，不僅前段時間才被韓隊長捉回來的神獸又全部逃走，燭龍、肥遺等甚

至還熟門熟路的帶走了更多神獸！為了大王的安全起見，他們已經請大王轉移到郊區更安全的碉堡，所以現在整座王城是由他來負責管理；由於很多神獸在城裡到處肆虐，所以特地開放王宮，讓民眾進來避難。

顧大臣又說，或許因為神獸大量出逃，對天界環境造成了重大改變，原本代表四季和方位的「四大神獸」——也就是青龍、白虎、朱雀和玄武——最近也紛紛開始躁動，而且擅自離開他們原本看守的位置，出現在不該出現的地方，直接造成天界對「四大凶獸」的封印徹底破除。現在很多神獸都陸續朝著天界東部的時空漩渦移動，恐怕不久之後就會通通跑到人間去了！

「燭龍是不是也在其中？」

「很有可能。」

高明聽了更加著急，因為燭龍可是去過人間的，想必對於如何經由時空漩渦而抵達人間很有經驗，說不定還會帶著眾多神獸在人間大鬧特鬧，更不要說饕餮現在還在學校後山搞破壞哪！

「還有一件事，」顧大臣說：「剛才我告訴大家，混沌、窮奇、檮杌都已經被捉到，其實並沒有，我只是為了安撫大家才那麼說的。」

高明一聽，更是大吃一驚！

混沌的形象如同一隻巨大的長毛惡犬，六足四翼但沒有頭尾；窮奇像一頭長著翅膀的大老虎（這可真是「如虎添翼」啊）；檮杌的體格像老虎，毛像犬，臉有一點像人，嘴裡有著像野豬一樣的獠牙；而饕餮——他們已經見識過了！

高明心想，要是四大凶獸真的跑到人間去，那還得了！

「韓天呢？」高明急急的問。

「已經在趕去東部的路上。這幾天我們雖然也調派了更多人手，但成效不彰，那些神獸似乎都只怕韓隊長的繩索。依我看，現在沒多大的希望了，恐怕是無法阻止那些神獸跑到人間去，畢竟現在在外頭搗亂的神獸太多，而韓隊長只有一個人——」

「我哥哥也會用繩索！」欣欣說。

顧大臣看看高明，「我知道，你敢捉饕餮，哪怕只是試圖去捉，都很了不起，可是——」

「我可以的！」高明說：「我想幫忙，我想去幫韓天捉神獸！」

「你——」顧大臣很為難。

「我也要！」欣欣也嚷著。

這回高明倒沒有拒絕讓欣欣跟著，他記得韓天曾經說過，兄妹倆是他的福星；他現在也愈來愈覺得欣欣是自己的小福星哪。

顧大臣最後終於同意讓兄妹倆去幫忙韓天，他命幾個士兵護送兩人去馬廄，替他們準備馬匹。

高明在天界騎過兩匹小馬，他還記得鬃毛分別是彩虹色和粉紫色，但是現在都沒看到，此刻馬廄裡的兩匹小馬，鬃毛都是粉紅色的。欣欣很高興，高明雖然不太樂意，但是也沒辦法，總不能徒步去追韓天吧，再說其實也沒人規定粉紅色只屬於女生啊。

一個士兵先對著高明要騎的這匹馬，附耳嘰嘰咕咕了一串，聽起來像咒語。之前韓天做過同樣的事，高明知道這是在為小馬做「設定」，好讓他們能一騎就上手。

在士兵為欣欣的小馬做「設定」時，高明無意中看到馬廄的屋梁上有個鳥巢，一隻小鳥從中探出頭來，他的頭部有花紋，還有一張白色的小嘴，等到他整個身體都露出來的時候，高明清楚的看到小鳥的足部是紅色的。

高明心裡一震，啊！這是精衛啊！

他就這樣盯著精衛，覺得精衛也在看著自己。精衛的眼神是那麼的純潔、那麼的乾淨。

也不知道和精衛對望了多久……

「哥哥，走了啦！」欣欣催促著。

高明頓時很不好意思，自己居然還要讓欣欣催促！他趕快跳上小馬，臨走前又看了一眼精衛，心想，哎，真不巧，

要不是現在趕時間，真想好好的再多欣賞欣賞。

欣欣在出發前則問了一個問題：「這個『設定』這麼方便，為什麼你們不對那些神獸也『設定』一下，叫他們不要搗蛋，這樣不就好了嗎？」

一個士兵笑著回答：「要是有這麼簡單就好了！首先，誰能靠神獸那麼近？而且神獸畢竟不是一般的生物，不可能這麼好操控的。」

4 傳送貼紙的妙用

士兵們還給了高明和欣欣一卷卷軸狀的動態地圖，兄妹倆像上次跟韓天一起去調查「猼訑事件」時，走一樣的路線，從東邊的城門出城，然後一路向東，奔赴時空漩渦的所在地——安寧鎮。

經過將近三天的跋涉，他們終於抵達了目的地。

哇！這裡簡直是一塌糊塗！

他們很快就看到韓天了，只見韓天正辛辛苦苦的左套一

個、右套一個，捉到了很多神獸，可是同時還有更多神獸，就這麼從他的眼皮子底下逃走了。

「韓天！」兄妹倆大叫，雙雙趕緊跳下馬。

高明還急著大嚷：「饕餮跑到人間去了！他在我們學校後山大搞破壞！」

韓天看到兩人，氣喘吁吁的停下來。他一停手，附近幾隻神獸頓時全溜得無影無蹤。

韓天也暫且不去追了，他似乎累得不行，需要休息一下。兄妹倆一跑到韓天跟前，韓天就說：「其實饕餮早就在人間了。」

原來，以往饕餮即使去了人間，力量仍然被天界的四大神獸封印住，至今一直處在休眠的狀態；直到最近四大神獸發生異動，封印被破除，饕餮才甦醒過來。若其他神獸，尤其是「四大凶獸」中的另外三隻，也陸續從時空漩渦跑到人間去，一場大破壞就註定無法避免。

「不能趕快把那個時空漩渦給堵住嗎？」高明問。

「不行，時空漩渦相當於一個小型的黑洞，過去大王曾經試圖想蓋一堵牆，把它給擋住；結果卻是連那堵牆也被捲

入漩渦之中，化做無數碎石傳送到人間去。所以現在只能全靠你們了。」

「什麼？」聽到最後一句，高明以為自己聽錯了。

「你們有帶回程的傳送貼紙，對吧？」

「是啊。」

欣欣還補充說：「你說過像這麼重要的東西，一定要隨身帶著。」

「對，你們做得很好。」韓天說：「現在就靠你們用傳送貼紙回到過去，阻止皇家神獸園的保護鎖被破壞。」

「等一下！」高明立刻想到一個重要的問題，「可是我記得你說過，我們每次來，要回去的時候不能回到出發前的時間，一定要回到剛剛好出發的時候，要不然容易引起時間線的混亂。」

這時，欣欣想到另外一個更重要的問題，「哥哥，如果我們回到那天出發的時候，不是就要回到學校後山了嗎？」

高明猛然想起，對耶！這回他們來的時候，可是在非常緊急的狀態，為了逃命才來的。當時自己沒有辦法對付饕餮，饕餮的恐怖真是歷歷在目，如果要再回到那個時候——

死也不要！

韓天說：「之前說傳送貼紙不能傳送回比你們離開時更早的時間，這其實是人為的規定，主要是為了避免引起時空錯亂，造成無法預測的影響。畢竟『穿越』這件事，天界到現在也一直還沒研究清楚，但是現在的情況已經夠糟糕了，恐怕就算造成時空錯亂，也不會比現在更糟。而像你們以『人間時間軸』為背景的人，和我們在天界製造出來的傳送貼紙，處在兩個不同的時間體系，所以理論上你們是可以通過傳送貼紙，回到過去的。」

「好吧……真沒想到，我怎麼忽然就變成救世主了！」

欣欣立刻提出嚴正抗議，「哥哥，是我們！」

「我們要回到什麼時候？」高明問。

「也不必太早，只要回到十天以前。我也是剛剛才知道，這一連串事件都是有關聯的，就像骨牌效應一樣。」

韓天解釋，第一張骨牌、也就是這整個危機的源頭，應該是十天前的凌晨，皇家神獸園有一道非常重要的保護鎖遭到了破壞，園內的神獸才能大肆出逃。而這些神獸都具有各種能力，譬如禍斗會噴火、肥遺會製造大旱，他們的大量出逃改變了天界的風水走向，「四大神獸」才因此發生異動，對「四大凶獸」的封印也就被破除了。所以，現在想要阻止眾多神獸跑到人間，並且防止早就在人間的饕餮被喚醒，必須從源頭解決，保護那個至關重要的鎖不被破壞。

原來如此！

高明問：「那我們是要回到十天前的皇家神獸園嗎？」

「不，」韓天解釋：「我給你們的傳送貼紙都是往返票，所以你們現在必須先回人間一趟，再過來。把你們的回程貼紙給我吧。」

韓天接過來，想了一想，「就以你們那天來的時間做基準，等到任務完成，你們再回到相同的時間。如此一來，受到穿越擾動的區間也就這十多天而已，應該不會對時間線產生太大的影響。你們那天來的時候是幾點？」

高明哭笑不得，「我們那個時候忙著逃命，哪有機會看時間？」

欣欣又補充道：「要不是我趕快把貼紙拿出來，我們早就沒命了！」

「那——你們是幾點放學？」

韓天要高明把那天兄妹倆在放學後的情形詳細說一遍：回家，放下書包，整理好背包，包括帶上繩索和傳送貼紙，到學校後山，發現異狀，碰到饕餮……。

「我們就設定在那天傍晚四點五十分吧。」韓天說。

韓天先把第一組傳送貼紙的回程時間做了變更，修改成十天前的傍晚四點五十分。

「還有一點要提醒你們——」

「還有？」高明已經等不及啦，想當救世主怎麼還這麼麻煩呀！

韓天說：「理論上，這次傳送後，你們的一切都會閃回到十天前下午四點五十分的狀態，所以千萬要記住，不要做出一些奇怪的舉動，更不可以透露什麼，要極力避免對人間的時間線也造成影響。還記得十天前的下午，你們在哪裡、在做什麼嗎？」

十天以前？兄妹倆都感到很茫然，完全沒概念啊。

「不記得也沒關係，反正你們回去以後，不要耽擱，馬上再用新的第二組貼紙趕緊再來天界。」

高明想想，也是，不用去管他們十天前會是在哪裡、在做什麼，反正一定不會有生命危險，畢竟饕餮是後來才出現的啊。

那就走吧！兄妹倆都準備好要大展身手，做一次拯救世界的英雄了。

「還有一件事——」

「什麼！還有？」這回連欣欣也嚷起來了。

韓天笑笑，「別急呀！這件事非常重要，你們一定要聽清楚。你們回到十天前的天界後，馬上去皇家神獸園找我。看到我以後，你們就說一組暗號，『一〇八九三〇』，這樣我就會相信你們是從未來傳送過來的。」

「一〇八九三〇……。」高明複述著。

「一定要記住，這組數字對我有著特殊的意義，任何人都不可能知道，所以你們只要一說這組暗號，我就會相信你們所說的話。」

「好，記住了。」

終於要出發了，要展開救援行動了！

高明牽好欣欣的手，信心十足的對韓天說：「再見！我們十天前見！」

5 拯救天界行動

「咻」的一下，兄妹倆回到十天前的下午四點五十分。

十天前的此時，他們在哪裡呢？原來是在後山的半山腰上、爸爸的墓前。

高明想起來了，十天前放學後，他們和媽媽一起來掃墓，那天是爸爸媽媽的結婚紀念日。

媽媽正把一束鮮花放在爸爸的墓前，一抬頭，發現上一秒還一臉凝重的兄妹倆，忽然一副非常亢奮、甚至還非常愉快的樣子（因為他們要當救世主了呀），為之一愣，「你們怎麼了？」

欣欣畢竟年紀還小，警覺性不夠，居然嬉皮笑臉的回應道：「沒怎樣啊。」

眼看媽媽瞪大眼，表情頓時變得很恐怖，高明趕緊說：「我們去上廁所！」然後趕緊拉著欣欣快步走開。

等到離開媽媽的視線，高明對欣欣說：「你怎麼這麼傻，沒注意到我們正在掃墓，媽媽正在傷心嗎？」

欣欣委屈的說：「人家不是傻，只是不小心忘記了嘛。」

高明也不再跟欣欣囉唆了，現在他只想趕快回到天界；韓天交代過他們不要耽擱的。

高明迅速拿出第二組傳送貼紙，撕下代表去程的兩張，分別貼在自己和欣欣的額頭上……。

◎

他們就像之前那樣，照例被傳送到天界王宮的等候廳。當警衛見到他們時，都已經見怪不怪啦！其中一個警衛甚至一看到他們就主動說：「韓隊長不在。」

「我知道，他去皇家神獸園了，對不對？叔叔，請您趕快帶我們去吧，我們有非常重要的事要向韓隊長報告！」

不久，王宮警衛護送兄妹倆趕到皇家神獸園，兄妹倆再要求園方警衛向韓隊長通報。

很快的，他們被帶去辦公室。韓天正在那兒研究一大堆的陳年檔案。

看到他們，韓天露出愉快的笑容，「你們來了，怎麼不在王宮裡等我呢？」

這裡距離王宮有一段距離，他沒法收到傳送貼紙發出的提示信息，因此沒能及時得知兄妹倆的到來。

高明嚷著：「一〇八九三〇！」

韓天一聽，立刻為之一愣，「你們——」

「沒人知道這幾個數字對不對？」

「當然，沒人知道。你們怎麼會突然說這幾個數字？」

欣欣說：「是你告訴我們的！」

韓天十分訝異，「我告訴你們？」

「對，就是你說的，」高明急急忙忙的強調，「你說這是一組只有你自己才知道的暗號，所以只要我們一說出這組暗號，不管我們說什麼你都會相信！」

接著，高明便把所知道的一切通通告訴了韓天。

說完以後，高明還認真的問欣欣：「我有沒有漏了什麼沒說到？」

哥哥這麼重視自己的意見，讓欣欣非常高興，也非常驕傲。她實在很想貢獻一點什麼，但想了一想，不得不說：

「應該沒有，都被你講光了！」

「所以，」韓天說：「我剛才看到一份機密檔案，說有一隻神獸其實長久以來都潛伏在人間，只是目前一直處於休眠的狀態——」

「是真的，是饕餮！」高明說。

欣欣聽了，對哥哥真是好生佩服。哎！為什麼自己總是記不住這些神獸的名字呀！

「安寧鎮的南莊有好幾個長老都說過，在山上有一個時空漩渦……。」

「是啊！」高明說：「如果不趕快阻止，很多神獸都會從那裡跑到人間去！」

他心急的再三強調，有很多神獸會先從皇家神獸園大肆出逃，影響到整個天界的風水，造成四大神獸陸續離開本來的位置，連帶著對四大凶獸的封印因此被破除——

「下面我知道！」欣欣搶著說：「包括四大凶獸在內的很多神獸，就會通通跑到人間去搗蛋！」

「等一下，你們再說清楚一點，這一連串災難的開始都是在——」

兄妹倆齊聲說：「今天晚上！」

高明隨即補充道：「今天晚上凌晨，保護鎖會被破壞，我們一定要阻止！」

「保護鎖？」韓天十分驚訝，「你們連這個都知道？」

保護鎖原本是皇家神獸園的最高機密，韓天估計整個天界根本沒幾個人知道，就連自己也是最近才剛剛得知的。

高明說：「都說了我們是從十天後來的嘛！」

欣欣則加強語氣又說了一次：「一〇八九三〇！」

6 揭穿陰謀

這天夜裡，凌晨剛過，一個黑影慢慢接近皇家神獸園的史料館。

史料館位於園裡一個極為偏僻的角落，皇家神獸園的工作人員本來就不多，平常更是幾乎沒人會到這裡來。

這個神祕客穿著一身黑斗篷，把自己渾身上下包得密不透風，就連臉部都看不清。

此人不斷左顧右盼，鬼鬼祟祟，就在他認為足夠安全，確定附近沒有別人的時候，便伸出雙手對著史料館的門鎖來回揮動，嘴裡念念有詞，顯然是在施展什麼法術。

隨著咒語的節奏，他雙手揮動的幅度愈來愈大。不久，就在他張開雙臂，似乎正準備做最後的收尾工作時，一條繩索忽然飛過來，牢牢套住了他的右手。

他大吃一驚，但還來不及做出任何反應，又有一條繩索從左邊飛了過來，立刻把他的左手也套住了。

「啊！誰！是誰！」這人大怒，拼命掙扎，但只是徒勞，反而使得繩索套得更緊。

韓天從右邊的陰影裡走出來，高明則是從左邊，他們的手裡都抓著繩索。欣欣也跟在哥哥的身邊。

一聽到那人的聲音，韓天就知道是誰了。

「顧大臣，還真的是你啊。」韓天說。

顧大臣？哦，就是那位大王的「左右手」。

韓天說：「我就覺得很奇怪，我檢查過保護鎖，沒有發現因年久失修而造成毀損的痕跡，而且在史料館加裝保護鎖的事，根本沒什麼人知道。所以，保護鎖出了問題肯定是出於人為的破壞，而能夠掌握保護鎖這項機密，又能在暗中從事破壞的人屈指可數——顧大臣，原來神獸出逃這整件事的幕後黑手，就是你啊！」

◎

顧大臣為什麼要這麼做？為什麼要故意破壞保護鎖，還故意放走皇家神獸園裡的大批神獸，導致後面一連串的事故與混亂呢？

在後來的調查庭上，顧大臣表示，一切都和不久前在皇家神獸園整修期間，意外發現的機密檔案有關。按這份塵封許久的檔案記載，天界經過長期的調查，發現失蹤已久的四大凶獸之一：饕餮，其實早在很久很久以前，不知道是透過誰的協助，已經從位於安寧鎮南莊山上的時空漩渦，溜到了人間。只是受限於四大神獸的法力封印，饕餮即使去了人間也是呈休眠狀態。

檔案上雖然註明饕餮出逃是一樁懸案，但特別交代了亡羊補牢之計，就是將皇家神獸園史料館再加一層保護鎖。這是一切之鑰，只要保護鎖完好，就可以減少神獸出逃的可能性，保證天界環境的正常，使四大神獸的封印維持在有效狀態，連帶就使四大凶獸也保持穩定，這樣能避免另外三隻凶獸以及其他神獸，跟饕餮一樣，從時空漩渦跑到人間去。

顧大臣說，雖然饕餮出逃那樁懸案已經是很久以前的事了，久到連他自己在此之前居然也一無所悉，但是——

「我再三讀著這份檔案，對於當初那位協助饕餮溜到人間的人非常佩服。他這一番用心良苦，我很能理解。」顧大臣說。

用心良苦？這話怎麼說？

顧大臣認為，現代人普遍早就忘記了古典文化，缺乏對古典文化最起碼的認識和尊重，這實在是太不應該了！所以，他興起一個念頭，計畫要喚醒在人間休眠的饕餮，並且設法放更多的神獸去人間，讓神獸一族在人間大鬧特鬧，使人們想起遠古時期老祖先對大自然的敬畏與恐懼，從而開始真心誠意的重視古典文化……。

顧大臣說：「雖然不知道當初究竟是誰把饕餮放到人

間，這樁懸案因年代過久而早已不可考，但我可以理解那人的心態和做法，我想完成他的遺志，而且還要將規模擴大！」

大王說：「真是胡來！這樣會鬧出人命啊！」

顧大臣反駁道：「不重視文化，只是苟活，有什麼意義？神獸一族就像其他的古典文化一樣，早就被很多人給遺忘了，我——」

他的話還沒說完，就被一聲抗議給打斷了。

「不是這樣的！」

整個調查庭的人都尋聲望去，看到韓天身邊的高明，臉

孔張得通紅，好像很激動。

「神獸一族沒有消失！也沒有被遺忘！」高明說：「在很多電影、電動遊戲、圖畫書裡，都看得到神獸！」

欣欣也幫忙大嚷：「我哥哥就很會畫神獸！」

「是嗎？」顧大臣臉上寫滿了懷疑。

大王下令，叫人拿來紙筆，讓高明畫幾隻神獸給大家看看。

高明緊張的看向韓天，韓天鼓勵道：「你就放心的畫吧。」

欣欣也在一旁為哥哥打氣，「哥哥加油！」

於是，高明就在那張

很大的白紙上畫了燭龍、九尾狐、化蛇、肥遺、玄武、饕餮，還有精衛。

大王看了，連連嘉許道：「畫得真好啊！」

就連顧大臣看了，也不能不服氣。

大王又對顧大臣說：「你看，這麼一個孩子都認得這麼多的神獸，你怎麼能說神獸一族已經被人們給遺忘了呢？」

「我的意思是，神獸一族所代表的古典文化——」

「可是叔叔，」高明大著膽子說：「還是有很多人都認為古典文化很重要的，我們老師就說古典是基礎，還說掌握古典才能創新。」

「你們老師說得一點也不錯。」大王同意的點點頭，轉而看著顧大臣，「再說，文化是因人而產生的，會不斷與時俱進，每個時代都有不同的文化，這是很自然的事。就算現代人沒那麼重視古典文化，也不代表就是沒有文化。如果你

因為覺得古典文化受到冷落，就想把那些人通通消滅，也太偏激了吧！」

7 暗號謎底揭曉

事情就這樣結束了，高明非常高興——這是當然的了，難得當了一回救世主，而且在調查庭上，又藉著拿手的畫圖好好表現了一番，怎麼會不開心！

可是，為什麼韓天看起來這麼的愁眉不展？

這天，韓天難得休假，帶著高明和欣欣一起去王城外的草原騎馬。現在欣欣不肯讓韓天載了，也要像哥哥一樣單獨騎一匹小馬。

高明注意到，好像從一大早開始，韓天看起來就有點悶悶不樂。中途停下來休息野餐時，高明忍不住開口問道：

「韓天，你怎麼了？心情不好嗎？是不是覺得太累了？」

儘管危機解除，可韓天還是要負責率隊把藏匿在外的神獸通通帶回來，責任重大。因此高明心想，韓天一定是為了工作的事在煩惱吧。畢竟韓天是大人，大人就是這樣，經常「人在心不在」，表面上是在陪著小孩，實際上總是魂飛天外天，老是在想著自己的事、為自己的事煩惱。不過，媽媽也經常說，小孩子總是不知道大人的辛苦……。

然而，此時韓天並不是因為工作而心情低落，而是——

「因為你們就要回去了。」韓天說。

「我們可以再來呀，」高明說：「待會兒記得把傳送貼紙給我們就是啦！」

欣欣說：「我還是要自己保管喔！」

韓天苦笑，「這就是問題，大王不讓我再給你們貼紙了。」

「啊！為什麼？」兄妹倆都大驚。

「其實大王本來就不同意讓人間的人來到天界，只是那回我先斬後奏，加上是特殊情況，所以大王才勉強同意破例。可是這次我讓你們用傳送貼紙回到過去，還是太過分了，嚴重違反了天界的規定。」

高明急著說：「可是我們拯救了全世界耶！天界、人間都得救了！不是嗎？」

「話是沒錯，但嚴重破壞了這裡的規矩也是事實。畢竟擾亂時間線會造成什麼後果，天界到現在都還無法預測；即使這次化解了危機，也不能保證下次如果再這麼做，還能同樣幸運，不會引發時空混亂而帶來災難，所以大王自然不能再允許這樣的事發生。」

高明不死心，「不能再對我們破例嗎？之前不是已經對我們破例過了嗎？」

「那是因為……唉！真不知道該怎麼解釋。」

「你直說就好了嘛。」欣欣說。

過去每當爸爸捅了什麼簍子，譬如投資失敗、假期臨時得加班、或是忘了買東西回家，他一開口都是「我真不知道該怎麼解釋」，而媽媽的回應則總是「你直說就好了」。現在欣欣就是重現媽媽的說法，像個小大人一樣，或許這就是所謂的耳濡目染吧。

韓天一聽，又露出一絲苦笑，然後決定要換一個方式來說明。

「『一〇八九三〇』是對我特別有意義的一串數字，你們還記得吧？」

「記得啊。」兄妹倆異口同聲。

「這其實是兩組數字，『一〇八』和『九三〇』，是我兩個孩子的農曆生日，十月八日和九月三十。你們知道自己的農曆生日是哪一天嗎？」

高明一聽，手裡的餅乾立刻掉了下來，他知道是怎麼回事了！

欣欣還沒進入狀況，歪著頭問：「不知道，然後呢？」他們家向來都是過公曆生日的。

韓天看著欣欣，「你還記得我們說過，天界的概念就像天堂，你還說爸爸就是去了天堂？」

欣欣呆呆的看著韓天，這會兒連欣欣也懂了。

「爸爸？」欣欣的口氣充滿了不可置信。

高明則是已經迅速聯想起好多事，包括那回他們前往南方大陸去找化蛇阿姨時，韓天曾經跟一個老朋友借船，那個人好像知道他們；還有，有幾次在對付神獸的緊張時刻，韓天曾脫口叫他「小明」，爸爸媽媽一向都是叫他「小明」。

「可是，」欣欣大嚷：「你又不姓高！你姓韓啊！而且你的樣子跟爸爸完全不一樣！」

他們的爸爸看起來可是一個文弱書生，而韓天的形象則完全是典型的男子漢啊！

韓天有些尷尬，「這就是天界的好處，可以自己選形象，因為這只是皮囊，內心才是本質。」

「那你的姓呢？你怎麼會變成姓韓了？」高明問。

「是大王賜姓的，大王姓韓。」

「名字呢？」兄妹倆異口同聲。

爸爸叫做高天放啊。

「大王不喜歡『天放』這個名字，所以我就把『放』給去掉了。」

原來「韓天」這個名字是這麼來的。

韓天說：「我不是一個好爸爸，不是一個好丈夫，想起從前我

經常都心懷愧疚，所以在捉燭龍那天意外碰到你們以後，就出於私心把你們帶了過來，實際上是想爭取更多和你們相處的時光。大王正是基於這一點才勉強破例。」

高明又想起在韓天頭一回帶他們去王宮時，先叫他們在等候廳待著，自己進去跟大王報告，現在想來當時一定就報告了這件事，難怪當時他和欣欣不能在場。

「總之，大王今天特別放我一天假，讓我跟你們再好好聚聚，可是以後……你們就不能再來了。」韓天看來無限的感傷。

◎

下午四點五十分。

兄妹倆回到學校後山。微風吹來，樹林發出窸窸窣窣的聲音，一切看起來是那麼的平靜，讓人無法想像這下面竟然藏匿著饕餮這樣的凶獸。不過，現在天界恢復了正常，饕餮也重歸休眠的狀態，不用再擔心他會忽然甦醒，安全了。

回想這幾次在天界的經歷，兩人都覺得真是很棒的冒險，可以說是爸爸送給他們最好的禮物。

他們手拉著手，準備以後一家人一定要好好的過日子，

還要經常主動為媽媽分勞分憂，就像爸爸期望他們能夠做到的那樣。

臨下山之際，他們決定要再去多看爸爸一眼……。

附錄

趣說山海經

文／米家貝

精衛的前世今生

傳說精衛原是炎帝的小女兒「女娃」，她到東海遊玩時不小心落海而亡。

她的靈魂化為發誓要填平東海的精衛鳥，用小小的身體與嘴喙，銜著山裡的小樹枝和小石子，投入東海，一心想把東海填平。

這個故事衍生為成語「精衛填海」，用來比喻意志堅定，不懼艱苦。

出沒地點

精衛出自《山海經》〈北山經〉中〈北次三經〉裡的發鳩山，約為今日中國山西省境內。除了有精衛，發鳩山還產柘木*。

* 柘木：桑樹的一種，葉子可餵蠶，果實如桑葚可吃，樹根樹皮可入藥。

精衛——

恆心與毅力的代表

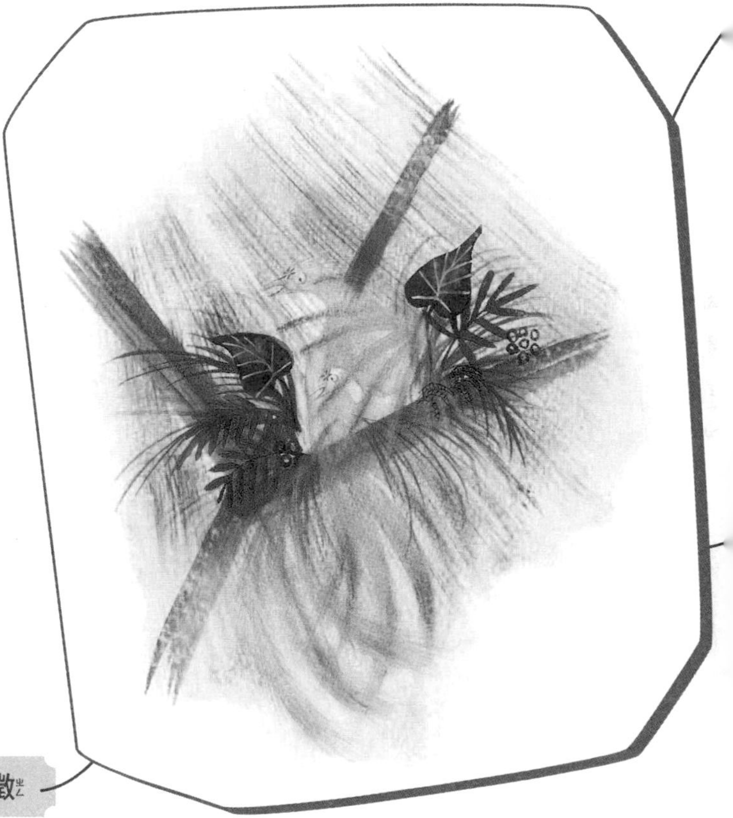

外型特徵

外型像普通的烏鴉，頭部羽毛有花紋，鳥喙是白色的，爪子是紅色的。祂的叫聲就像在叫自己的名字：「精衛、精衛」。

【誰是四凶？】

媽呀！「四凶」看起來就像四個壞蛋的名字。沒錯，祂們就是大名鼎鼎的上古四大凶獸：「窮奇」、「檮杌」、「混沌」和「饕餮」。

《左傳》中說：「窮奇」、「檮杌」、「混沌」和「饕餮」，分別是少皞氏、顓頊氏、帝鴻氏、縉雲氏，四個來自帝王之家，不成材的兒子。後來，這四個人通通被上古帝王「舜帝」流放到四方。現在就一起來認識這四凶獸，看看祂們究竟有多凶多壞？

【四凶之窮奇】

◆根據《山海經》〈海內北經〉記載，窮奇長相像老虎，背上有一對翅膀。

◆吃人的時候，會從頭開始吃。

◆而《山海經》〈西山經〉中〈西次四經〉裡也提到窮奇，祂住在邽山，是頭全身長滿刺蝟毛的牛，發出的聲音像狗叫，會吃人。

◆兇惡指數 ★★★★★★★★

【四凶之檮杌】

◆北方天帝顓頊的兒子，又名傲狠、難訓。光看名字就知道檮杌有多難搞了吧！

◆祂的樣子長得像老虎，卻有一身狗毛，人面上長了豬牙，還有一條長長的尾巴。

◆性格非常頑固，無論怎麼敲打都不聽旁人的話。

◆兇惡指數 ★★★★★

【四凶之混沌】

◆根據《山海經》〈北山經〉中的〈北次三經〉記載，天山裡有神名為「帝江」，身體像黃色囊袋，渾身火紅，有六隻腳，四隻翅膀。混混沌沌沒有五官，卻能歌善舞。

◆《莊子》中記載了沒有眼耳口鼻的「混沌」，形象與《山海經》中的帝江相似，因此也有人認為帝江就是混沌。

◆雖然名為混沌，但跟餛飩一點關係都沒有。傳說祂是欺善怕惡的凶獸，如果遇到善良的人，會毫不客氣的欺負，如果遇上凶神惡煞，就會屈服並聽從指揮。

◆兇惡指數★★★★★

【四凶之饕餮】

◆根據《山海經》〈北山經〉中的〈北次二經〉記載，狍鴞是一種羊身人臉，眼睛長在胳肢窩下，有老虎牙齒和人腳，叫聲如嬰兒又十分貪吃的獸。

◆狍鴞別名「饕餮」，貪吃的祂，連自己身體都吃掉了，只剩一顆頭和一對眼睛。

◆商代的青銅鼎，常以神祕花紋裝飾，「饕餮紋」是其中一種。

◆因為饕餮太喜歡美食，所以現代人稱懂吃又愛吃的人為「老饕」。

◆兇惡指數 ★★★

古代人製作的
「饕餮紋」是什麼模樣？

【神獸獵人下臺一鞠躬】

高明、欣欣和神獸獵人的故事到此暫時告一段落了，看了這五集的故事，你是否彷彿也跟著書中角色一起經歷冒險、認識了更多神獸呢？

現在來回顧這五集的故事，寫下你的感想吧！

◆我最喜歡的角色是：

因為

◆我最想成為朋友的神獸是：

因為

◆《神獸獵人》系列裡，我最喜歡的集數是第　　集，

書名：

因為

國家圖書館出版品預行編目（CIP）資料

神獸獵人．5：塵封已久的懸案／管家琪文；鄭潔文圖．-- 初版．-- 新北市：步步出版：遠足文化事業股份有限公司發行，2022.08
面；　公分
ISBN 978-626-96038-5-5（平裝）
863.596　　　111005943

神獸獵人5：塵封已久的懸案

作　　者｜管家琪
繪　　者｜鄭潔文

步步出版
執行長兼總編輯｜馮季眉
責任編輯｜陳奕安
編　　輯｜徐子茹
美術設計｜張簡至真

讀書共和國出版集團
社　　長｜郭重興
發行人暨出版總監｜曾大福
業務平臺總經理｜李雪麗　業務平臺副總經理｜李復民
實體通路協理｜林詩富　網路暨海外通路協理｜張鑫峰　特販通路協理｜陳綺瑩
印務協理｜江域平　印務主任｜李孟儒

出版｜步步出版
發行｜遠足文化事業股份有限公司
地址｜231 新北市新店區民權路108-2號9樓
電話｜(02)2218-1417　傳真｜(02)8667-1065
電子信箱｜service@bookrep.com.tw　網址｜www.bookrep.com.tw
法律顧問｜華洋法律事務所．蘇文生律師
印製｜中原造像股份有限公司

初版一刷｜2022年8月　定價｜300元
書號｜1BCI0032　ISBN｜978-626-96038-5-5